Le match de foot

Dans quel but le ballon de Lilas va-t-il aller ? Tu le sauras en suivant les lettres du mot **FOOTBALL** avec ton doigt.

Bravo !

Voici plein de mots qui parlent du foot. On les lit ensemble ?

ballon

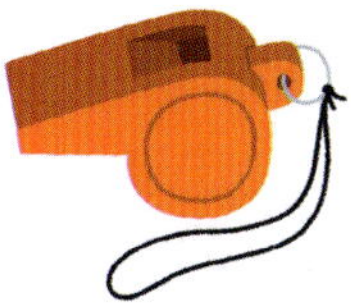

sifflet

short

coupe

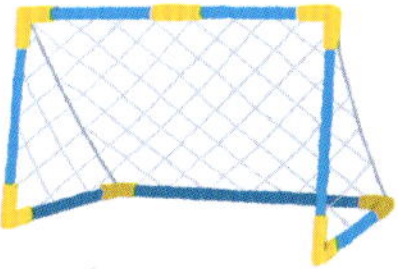

but

maillot

chaussure

arbitre

Et si on inventait des histoires avec ces mots ?

Tom souffle
dans son **sifflet**.
Lilas déballe
un **ballon**.
Éva chausse ses **chaussures**.

Maintenant, on se détend !

Répète après moi.

Allez, Titou ! Allez, Titou !

Observe les lettres dans chaque rond et relie-les au bon mot.

Lilas

i m S a

Tom

a v É

Sami

s i a L l

Éva

m o T

Quel méli-mélo !

Regarde l'image : les héros de l'histoire ont une façon bizarre de jouer au foot, tu ne crois pas ?

Pour découvrir le titre de l'histoire, utilise un miroir.

Allez, un peu de gym pour ta bouche !

chien bien rien chien bien rien

Quelle histoire !

 joue au foot

avec ses  dans son jardin.

Quand  envoie le 

dans le jardin du voisin,

le  du voisin entre dans la partie.

Oh là là ! Que va-t-il se passer ?

Et maintenant, ton histoire !

Le match de foot

Une histoire de Karine Dupont-Belrhali,
illustrée par Pierre Caillou

Lilas a invité ses amis
dans son jardin.
Ils vont jouer au foot, youpi !
Ils sont ravis. Vive le mercredi !

L'équipe de Lilas
joue contre l'équipe
de Tom. Le match
commence.
Léo a le ballon.

– La passe !
crie Sami.

Et hop !

– La passe !
crie Noé.

Et hop !

– La passe, la passe ! crie Lilas.

Et hop ! Lilas marque un but.
1-0, bravo !

Mais Tom veut gagner.
Il prend le ballon et il zigzague
entre les joueurs.
Quel champion !

Et boum ! Il tire un boulet de canon !
Zut, le ballon tombe dans le jardin
du voisin...

Aïe aïe aïe !
Titou, le chien du voisin,
veut jouer, lui aussi.

Il se couche dans les cages
avec le ballon.

Tom rit :
– But ! 1-1 ! Bravo, le chien !

Ouaf ! Ouaf ! Titou est content.

5

Mais Lilas s'énerve :
– Ça ne compte pas !
– Si ! dit Tom.
– Non !
– Si !
– Non !
– Si !

Alors Lilas tire très fort dans le ballon, tout droit vers le but... sauf que Titou saute et vole le ballon.
– Attrapez-le ! Attrapez-le !

Le chien va à gauche, à droite,
à gauche, à droite, et, de nouveau,
Titou marque un but !

Puis un autre.

Puis un autre.

Cette fois, les enfants sont tous d'accord : au foot-chien, c'est l'équipe de Titou qui gagne. Mais... dans quelle équipe est Titou ?

Fin

Tu as aimé ?
Oui ?
Chouette alors !
Allez, maintenant, on se détend !
Tourne la page...

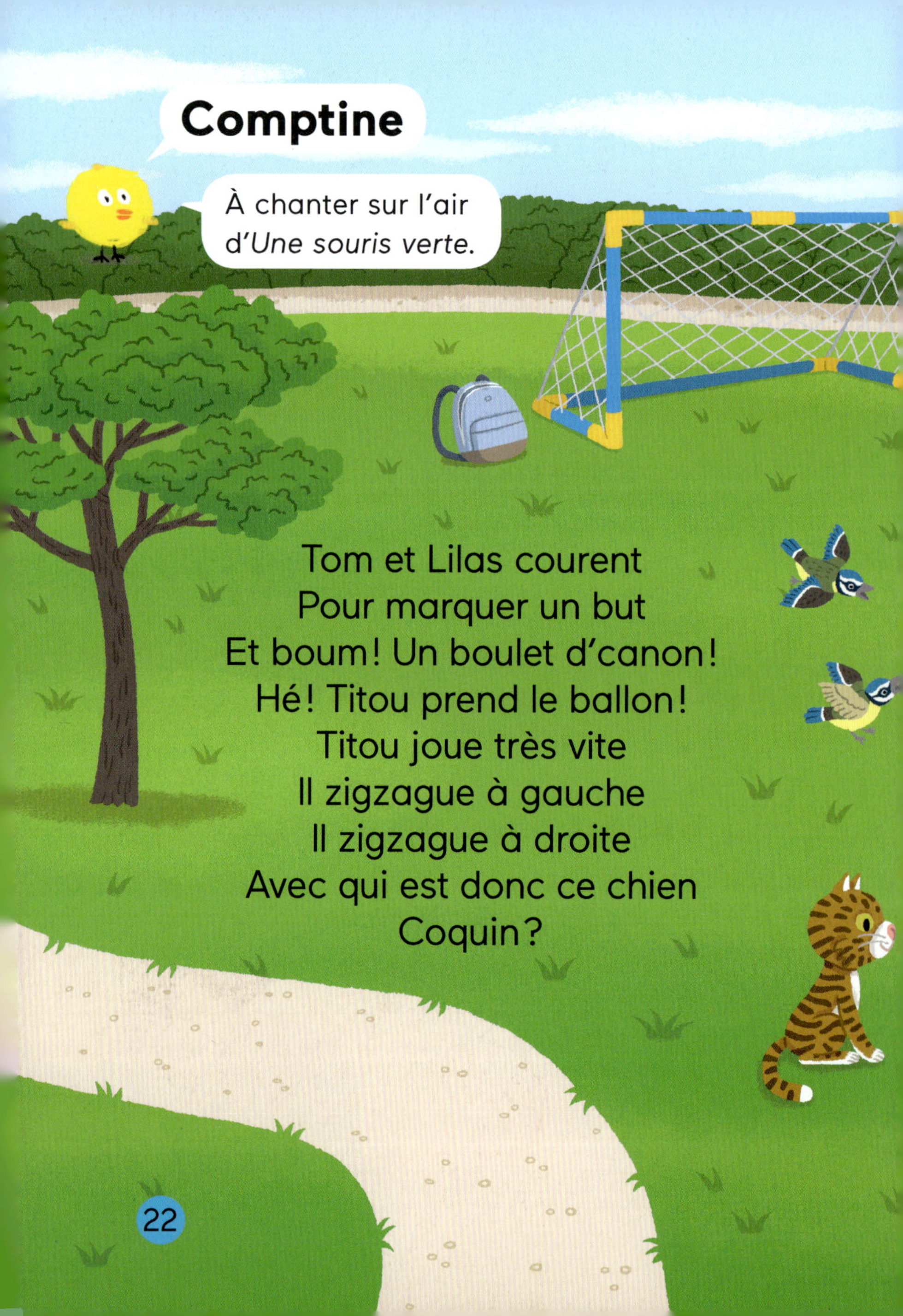

Comptine

À chanter sur l'air d'*Une souris verte.*

Tom et Lilas courent
Pour marquer un but
Et boum ! Un boulet d'canon !
Hé ! Titou prend le ballon !
Titou joue très vite
Il zigzague à gauche
Il zigzague à droite
Avec qui est donc ce chien
Coquin ?

Les jeux sont réalisés par l'éditeur et illustrés par Pierre Caillou.

Mise en pages : Pascale Darrigrand

1, rond-point du Général-Eisenhower, 31101 Toulouse Cedex 9, France

Dépôt légal : septembre 2020
ISBN : 978-2-4080-2077-4
Achevé d'imprimer au 3e trimestre 2020 en Roumanie par Rotolito
editionsmilan.com